▶梁望峯 著◀　　▶雅仁 繪◀

超能力訓練小學

追逐未來的伙伴

目錄

▶第一章◀　　倒流到朋友們消失的落點　　004

▶第二章◀　　破滅了的友情　　022

▶第三章◀　　給未來的朋友們　　035

▶第四章◀　　如果可以阻止這場火災　　052

▶第五章◀　　最快樂也最悲哀的生日　　073

▶第六章◀　　完全出乎意料的結局　　090

▶第七章◀　　回到沒有超能力的平凡日子　　122

超能力訓練小學

周星星

超能力

讀心術❤

成績差勁，調皮多嘴，最愛搞怪，但又怕別人會不喜歡他。只想將歡樂帶給大家，希望人見人愛。

小黑

超能力

添好運（逢凶化吉）✖

自嘲為「地獄黑仔王」，總覺得所有惡運都會跟隨着他，最大的願望就是「添好運」。

Cool

超能力

隱身

性格冷漠的女生，在一群人之中，有她這個人好像沒有她這個人存在的一樣。看似憤世嫉俗，但其實外冷內熱。

教主

超能力

操縱時間⏱

班裏第一模範生，為人處事成熟正直，是眾人的意見領袖。陽光明朗的他，卻有一個悲傷的過去。

郭雪綠

超能力

透視眼👁

個性單純，觀察入微，善解人意的女生，天生有一份天使般的善心。

八珍

超能力

隔空移物✊

說話巴辣刻薄，口不擇言，經常跟男生鬥嘴，胖胖的身形是她最大的煩惱，但又極愛吃零食。

第一章
倒流到朋友們消失的落點

我經常在想，到底什麼才是真正的**朋友**？我又可以為了朋友做什麼呢？到了重要的關頭，我可以為朋友**犧牲**嗎？

沒想到，我一直想不到的事情，我的朋友卻給了我最圓滿的答案。

這一天，召月小學發生了一件**可怕**的事！

早會之前，小四甲班六位擁有超能力的同學：教主、郭雪綠、周星星、COOL、小黑和八珍，在學校小食部吃完早餐後，一同步回課室。由於時間尚早，其他同學還未回來，郭雪綠一打開燈掣，天花板上幾支白光管令課室**大放光明**。

這時候，郭雪綠忽然聽到一陣微弱的貓叫聲，她覺得非常奇怪，滿以為是自己聽錯了。

八珍問：「你們聽到**貓**叫聲嗎？」

周星星的反應很搞笑：「對啊，我昨晚跟爸媽看了那套《CATS》，整套戲也在喵喵叫，我還以為是自己**幻聽**，原來真有貓叫！」

六人分頭尋找，但他們蹲到地上也見不到貓咪，連垃圾筒、教師桌的抽屜也翻了，仍是一無

所獲。最奇怪的是，貓叫聲仍是似遠還近的持續着，教大家摸不着頭腦。

郭雪綠只好運用她的「**透視眼** 👁」超能力，環視課室四周。然後，當她的目光轉向 **玻璃窗** ⊞ 那邊，忽然尖叫一聲，語氣驚惶地說：「我看到貓咪在哪裏了！牠站在冷氣機上蓋！」

大家湊近窗前探頭一看，然後不約而同發出一陣慘叫！只見老校工在學校 🌲🌳 **小花園** 飼養的小貓咪 **叮噹** 🔔ㄚ，不知怎的走到冷氣機

上了！大家猜想牠是跑到了五樓，在小五甲課室內遊玩時，剛巧見到窗外有雀鳥飛過，便不自量力的跳出去捉鳥吧？

若不是樓下剛好有小四甲的冷氣機做安全網，阻擋了落勢，叮噹一早便成了**空中飛貓** 啦！

叮噹站在僅僅容納到牠站立的冷氣機上，不知已受困多久了。牠的四肢正猛烈地**抖顫**，一陣**大風**吹來就讓牠的身子搖搖欲墜，呼救聲也非常微弱，看來早已體力不支。

六人又驚又急，小黑提議：「不如我們快報警，請消防員前來救援吧！」

一向行事冷靜的 Cool 提出反對：「叮噹好像快捱不住了，萬一牠再受驚，有可能失足掉下去，那就**弄巧反拙**。」

眾人完全沒了主意，自然而然就把目光轉向教主，小黑憂心忡忡地說：「教主，你有操縱時

間的超能力，不如你去十分鐘後看看叮噹的命運將會如何？」

教主本來也準備這樣做，但他心裏忽然想到了什麼，毅然下了決定。他轉向八珍，一臉認真地說：「我看不必了。八珍，你有隔空移物的超能力，**我相信你**可以把**貓咪**救回來。」

八珍知道自己確實有這個能耐，但她覺得這次責任太大了，萬一不小心令叮噹掉下樓去，豈非成為**罪人**？

她本來想拒絕，但抬頭看到教主和眾人對她投以一致**信任的**眼神👁，她咬咬牙說：「好的，我相信我可以把貓咪救回來！」

八珍也不想讓小貓咪繼續乾等活受苦了，就這樣，她不再拖拖拉拉，站在窗前專注地望着叮

噹，把手放到冷氣機上蓋的方向，集中全副心神向牠一伸，然後做了個Ｃ字似的劃半圈手勢，只見叮噹好像被一隻無形的**手掌**承托着，即時四腳離地，從冷氣機浮上半空。牠在半空中拐了半圈後，直飛進打開了的課室窗口，其餘五人當然一早準備就緒，伸出手將叮噹緊緊**抱進懷裏**去了。

　　八珍很高興自己救貓成功，但驚魂過後，她嚇得**兩腳發軟**，跌坐在位子上猛喘着大氣，這才感覺到剛才到底是哪來的**勇氣**啊？那個她，一點也不似她自己。

　　五人安撫了叮噹，便把牠交給「救命恩人」八珍抱一抱。八珍把牠擁在懷內親，叮噹也乖乖的讓她呵着，一人一貓都露出了安慰的神情。

　　教主看着這溫馨的一幕，**心酸**的感覺湧上心頭，周星星這時也剛巧望向他，兩人心裏也有着同樣的感觸，有些事一言難盡啊。

　　小息時分，教主在操場旁看着男生們**打籃球**，周星星走到他身邊去一起看球賽，跟他

說：「早上救貓的事好險啊！」

教主對早上的事仍是**耿耿於懷**：「對啊，那麼重要的事，我卻不肯運用超能力，預先看看結果會如何。」

平時最愛搞鬼惹笑的周星星，卻一本正經的說：「就算我不用**讀心術**，也能猜到你心裏在想什麼了。」

是的，周星星身懷讀心的超能力，要知道教主這一刻正在想什麼，真是**易如反掌**了吧？所以他更希望知道，沒有使用讀心術的周星星，到底又有多了解他。

周星星雙眼一直追着男生們出色的球技，慢慢才說：「你心裏在想，太早**預知**這場拯救會成功或是失敗，八珍就不會覺得這真是自己的功

勞了，你是希望她留下更多令自己 **引以為** 傲 的回憶。」

教主點點頭，周星星猜得一點也沒錯：「雖然，我也知道是作弊。但要是她真的救貓失敗，我便會把 🕐 **時間** 倒流 回十分鐘前，召來消防員救貓就好了。」

「對啊，這個做法非常好……我們必須努力給八珍更多的快樂……」本來笑着讚許的周星星，**笑**着**笑**着便**笑不出來**了：「……在八珍和小黑消失之前，給他們更多歡笑和美好回憶。」

教主給周星星的話戳到了痛處，他傷心一笑：「對啊，我正是這樣想。」

放學後，教主假裝自己參與了一個**象棋學會** 的活動，就跟五個朋友道別。臨別之前，他跟周星星打了個眼色，請周星星跟大伙兒玩樂去。

因為，他必須留在學校裏，專心一志做一件**重要事**。

五位朋友們離開後，只剩下教主一人。他走到校舍後面一個幽靜的小花園，坐在兩盆 **盆**

栽之間的長椅上，集中精神的想着去未來的時間和地點。

重要的事要説上三次，所以：

我要尋回下落不明的兩位好友！

我要尋回下落不明的兩位好友！

我要尋回下落不明的兩位好友！

第一章　倒流到朋友們消失的落點

到底八珍和小黑發生了什麼事，為何兩人會忽然消失了呢？

首先，必須弄清事情的來龍去脈。

事情的開端就是，懂得運用操縱時間這項超能力的教主，一直渴望回到過去，找到他不辭而別的爸爸。

一切很順利，教主見到了三年前的爸爸，也從爸爸口中得知，原來他是犯了罪，必須入獄服刑，在刑期結束後，爸爸答應一定會在教主的小學畢業禮中出現，見證兒子畢業的重要時刻。

　　於是，教主又運用了超能力，來到兩年後的召月小學畢業典禮日。見到爸爸和媽媽一同坐在後排的位置，兩人笑瞇瞇的觀看着典禮。他放下心頭大石，正準備回到過去，一把聲音卻在他身後響起來：「教主，你為何在這裏發呆？我們甲班同學都在後台裏集合，準備要上台獻唱校歌了！」

教主轉頭見是周星星，興奮地告訴他：「周星星，我不是現在的我，是從兩年前穿越來到這裏的我啊！你忘記了嗎？你也想前往未來，看看你會否成為足球隊守門員！」

周星星一臉惘然：「我不明白你在說什麼啊？什麼穿越？什麼前往未來？」

「我使用了『操縱時間』的超能力……不，我為何說那麼多啊！」教主乾脆的說：「算了，你用讀心術聽聽我心裏的說話不就好了？」

周星星的樣子更呆：「讀心術？」

教主瞪大眼，周星星好像完全不知道有操縱時間和讀心術這些事！教主不知從何說起，他只得問：「你先告訴我，我們一群朋友們都好嗎？」

　　周星星用奇怪的眼神看着教主，他說：「沒什麼不好啊！郭雪綠、COOL、維維、LEMON，還有你和我，我們六人也順利畢業了啊！」

　　教主同樣感到奇怪：「那麼，八珍和小黑呢？」

　　「誰是八珍和小黑？」

　　「……我們的朋友，凌柏珍和倪小黑啊！難道他們消失了？」

　　「我們從來沒有凌柏珍和倪小黑這兩個朋友！」周星星非常確定的搖搖頭：「我在召月小學讀了六年，今天才從你口中得知這二人的名字。所以……他們並不是消失了！」

超能力訓練小學

03

逆轉時光的秘密

教主驚心動魄，聲音抖顫的把周星星的話接下去：

「⋯⋯他們是從未出現過！」

　　就這樣，教主滿心疑惑的回到現在。他不知道自己一下子橫跨了的那兩年發生何事？他只是自責，也許就是由於他放任地*跳躍時空*🕐，令世界不知出了什麼**差錯**，使一切都變了樣。

　　回到兩年前的當下，教主見到郭雪綠、周星星、COOL、維維和LEMON，還有兩年後「已消失」的八珍和小黑，大家都活得好好的，他心裏的**內疚感**便不斷滋長。

　　所以，這就是教主必須一次又一次尋找好友、🔍**尋找真相**的原因了。

第二章
破滅了的友情

　　從小時候開始，許如雪便已知道，假如她想要什麼，必須努力**爭取**到**底**。

　　父母在她四歲時離婚了，跟隨着爸爸生活的她，卻非常掛念媽媽。本來爸爸規定她和媽媽每個月只能見面一次，但在許如雪努力爭取之下，終於變成兩星期可見一次，跟媽媽上街遊玩，感受到多一點 親情 ，是她最快樂的事。

　　就連升讀哪間小學，也是許如雪力爭回來的結果。本來爸爸想把她送到一家提供 **寄**

宿 **的小學**，每星期只有周五至周日可回家，但許如雪清楚表明她不願離家太遠，最後爸爸只好屈服，改送她去第二選擇的召月小學就讀。

爸爸是商界強人，希望從小便把許如雪培育成**精英**，隨之而來的就是帶她去一大堆如「珠心算補習班」、「英語程度強化精英班」的課程，但許如雪對這些全無興趣，所以每次上這些課也在*睡懶覺*，讓老師們怨聲載道，爸爸逼不得已，只好退出所有課程。

是的，由於許如雪一早已嘗盡了不努力爭取便一**無所有**，或只能**聽命於人**，所以她很清楚自己每一步在做什麼，下一步又會達成什麼目標。

甚至乎，跟維維和 LEMON 這段超過 1000 天歷史的友情，也是許如雪自己掙回來的。

回想三人相遇的 **第一天**，是小二的開學日。

在召月小學已讀了一年的許如雪，懷着興奮的心情踏入「小二丁班」的新課室，乍見很多熟悉的面貌，大家親切地打着招呼，就在這時候，許如雪見到在課室近窗的 **單人座位** 上（對，很多課室內以兩人並列的雙座位為主，但也有少量單人座，同學們都笑稱那是「面壁思己過」的位置，給那些「**自閉的孤獨精**」專用的啦），一前一後坐着的是兩張未曾見過的女生面孔。

兩人的神情也有着一種不安，非常的安靜，或者直接點說，是想逃避跟任何人有交流或接觸。好像跟同伴走散了的小動物，對這個陌生的環境和陌生的同學也感到**抗拒**。

許如雪跟同學們交談一會，便找座位去了。由於新班主任進課室後，還是會重新調位的，所以坐在哪裏也沒關係吧。她當然也可選擇遠離靠窗單行座位，那便不會跟兩人有任何**交集**機會。

可是，她卻坐到兩個陌生女生附近不遠的空置雙人座位上，打開**書包**  拿出筆袋準備上課，然後故意把筆袋內的東西都跌到地上去，兩個一前一後、分別坐在單人座的女生，很自然俯下身子，把地上拾起的**原子筆**、**擦膠**等交給許如雪。

許如雪向兩人說謝謝，順暢地打開了話題：「你倆都是**轉**校生嗎？我好像從未在學校裏見過你們啊。」

喜見有同學跟她們主動說話，兩名女生自報了名字，分別是維維和 LEMON。許如雪向兩人 **微笑** 說：「你們好，我的名字是許如雪！在這家學校遇上什麼難題，可以隨時來問我啊！」

許如雪表現出善意，令維維和 LEMON 很快跟她成為好朋友，三人在學校裏 **形影不離**，是真正的好朋友。

雖然，三人性格各有不同，但碰在一起卻有一種 **化學作用**：維維是個熱情外向但糊裏糊塗的傻大姐；LEMON 是個愛挑戰、不畏困難的冒險家；至於許如雪自己則是個愛操縱大局、好照料別人的大姐姐；三人每一天也在一起，這段友情截至現在已有 **1000天** 了，正向 2000 天邁進，直至——

在 ⚡超能力許願亭⚡ 得到了「時間停頓」這項超能力的維維，跟小四甲班六名擁有不同超能力的學生做了朋友，慢慢開始*疏遠*許如雪……但這還不是最傷心的，後來維維把LEMON也介紹給鄰班的同學認識，令 LEMON 也跟六人成為朋友，使許如雪慘成了被*遺棄*的一人。

但其實，許如雪稍後也發現自己擁有了「全能」的超能力。只要她願意的話，找個機會告訴維維和LEMON，説不定就會留住二人。

又或者，要是她**寬容**一點，更可以跟甲班的六名學生認識，組成陣容強大的超能力九人組。

可是，許如雪*就是*不*願意啊*！

怎樣説呢？那種感覺就像硬要把本來屬於她的東西，拱手禮讓給別人一同分享，她覺得自己實在太可憐了……

是的，也許她很自私，但她卻無法説服自己要落落大方吧！

就像這天周五放學後，許如雪正準備跟維維和LEMON前往一早相約好要去逛的新商場，

當她拿起**書包** 📁 出發時，維維和 LEMON 卻互打了一個眼色，維維説：「哎啊，我忽然記起，戲劇學會今天需要學員去試穿**戲服** 👗，這天沒空去逛商場啦。」

LEMON 聽到維維這樣説，附和她説：「對了，我也忘記這件事了！」

維維和 LEMON 也參加了學校的一個短期**戲劇訓練**，只有許如雪不喜歡演戲，所以沒參加，但她當然知道那是推辭之詞，所以爽快地説：「沒關係，你們先去忙，我們下次再相約去**逛**商場就可以啊。」

她跟兩人道別，然後待兩人走遠後，她運用了「隱形」的超能力，不動聲息的跟隨在兩人身後，近距離**偷聽** 👂 二人的對話。

LEMON 有點不開心：

我們相約如雪在先，這樣做似乎不太好。

維維嘆口氣說：

我也知道自己做得不對，但周星星他們今天要去看的科技展覽，也真的太吸引人了！我多麼希望阿雪也可以加入啊……可惜她沒有超能力，大家溝通不來，應該沒法子一同參與的吧。

LEMON 聽到維維這樣說，彷彿也找到了開脫的藉口，她同意地說：

對啊，告訴她我們有超能力的事，一定會嚇壞她。所以我們不告訴她，也是為了保護她吧！

許如雪在身後靜靜聽着兩人充滿虛假的自辯，百般滋味在心頭。

本來她打算一直跟隨着二人，但她忽然覺得自己像個**大傻瓜**，大概也想到維維和LEMON跟六人歡聚的情形，只會令她更**傷心**💔吧？

所以，許如雪停下腳步，默默地轉身離去了。然後，背着二人愈走愈遠的她，有種被全世界**背叛**了的感覺。

第三章
給未來的朋友們

這已是教主第四十四次穿越去未來世界。

他用了一個最簡易直接的 偵查 方式：從小四的這天，直至小六的畢業典禮，總共約八百天，也就是說，只要他耐着性子，每次穿越去一個日子，總有一次會找到「遺失」兩人的落點，那麼就可望進行「修補」了。

由於必須加快偵察速度，他決定將每次前往的日子設定 **往後退一星期**。所以，第一次前去的時間點，選擇了小六畢業禮前的一星期，他找到了在操場前觀看 **籃球賽** 的周星星。

由於教主也是身穿夏季校服，看來跟兩年後的自己該沒什麼差別吧。他假裝輕鬆的走到周星星旁邊去，跟他打個招呼。

卻料不到，周星星只是側着頭看了他一眼，便睜大雙眼 **驚異** 地說：「咦咦咦咦咦！教主，你不是剛剪短了頭髮嗎？為什麼又會變回長髮，我真要好好請教你增髮的技巧！我那禿頭的老爸有救了！」

周星星就是有辦法令一段普通對話變成趣味十足的 **笑話**，但教主緊張得笑不出來，他心

不在焉地問：「對了，小黑和八珍回來了沒有？」

周星星一頭問號：「誰是『小吉』和『八嬸』？我們去了《IQ博士》內的天神村嗎？」

教主試探他：「你可以用讀心術讀一下我的想法啊。」

「讀心術？若我有讀心術就好了！我想閱讀一下老師明天考試時會考那幾課，那就不用背熟整本書了啊！」

教主已知道這是一趟失敗的旅程，他只好揮一下手：「沒什麼，我先去一下廁所啦，回頭再談。」

「好啊，回來記得要告訴我增髮配方，我爸這次會給我加零用錢了吧！」

教主這就走開了，臨走前回頭瞧見看着球賽

興奮得手舞足蹈的周星星，他不禁**會心微笑**起來。

就是這樣，第二次前去的日子，他設定在小六畢業禮前的兩星期，如此類推。可惜的是，每次前去，無論他遇上的是郭雪綠、周星星、COOL、維維或LEMON，在他們口中也從未聽過小黑和八珍的名字，令教主每次也很**沮喪**。

第五十八次前去，是小學五年班下學期大考前一個星期，這次教主首先見到的是郭雪綠。他發現她左邊額角包裹着**紗布**，連忙問她：「你發生什麼事了？」

「我就是笨，打開家中的衣櫃找衣服時，沒

想到衣櫃上層放着的一個熨斗掉到我額角，讓我流了一點 血，只慶幸沒毀容呢。」

教主想想也覺得很痛，他試探地問：「打開衣櫃門之前，你應該先用 **透視眼** 👁 看看衣櫃內部，以免 **山泥傾瀉** 啊！」

　　郭雪綠以為教主在搞笑:「透視眼?你怎知道我想要這個超能力?要是我真有透視眼,我會第一時間看清 **? 盲盒** 內藏着什麼公仔!我用光了每個月的零用錢,也抽不到自己想要的迪士尼**公主**呢!」

　　教主心裏便想:也不是這時候。

　　第五十九次前去的時候,他選擇了小五大考前兩個星期,他特意找到郭雪綠,好意提醒她:「你昨天有看 **新聞** 嗎?有個女生打開衣櫃時,被上層跌下的熨斗撞傷了頭,現在仍躺在醫院裏,你也要小心啊!」

「啊，幸好你提醒了我，我家的熨斗好像也擺放在衣櫃上層，我今天回家後馬上把它放在其他**抽屜**好了。」

教主這才放心了，他希望好友們也可以避開意外，**倖**免**於****難**。

乍見「將來」的好友，發現彼此的友誼**有增無滅**，其實很開心；也由於太開心了，每次他都不捨得離開。

要是有可能，他真想在每個瞬間留下更多的**足印**，跟好友們多些相處，可惜他有重要任務在身，亦害怕一旦久留會衍生更多問題，所以每次才必須忍痛的快去快回。

　　直至到了第一百零六次穿越時空，已**倒數**到小四的下學期了，也就是距離現在約三個月後。經過多番穿越，教主累壞了，他拖着疲乏的身軀又回到學校裏，覺得**體力不繼**，便坐到小食部的長椅上休息一下。他只想休息上幾分鐘，便繼續努力尋人去。

「找到你了！」

　　一把非常熟悉的男聲在身後響起，讓教主全身**震動**一下，小黑已搭着他的後肩，繞到他面前。

　　在小黑身邊的還有八珍，八珍向教主遞上一包紙包飲品，笑瞇瞇的説：「教主，請你飲**檸檬茶** ！」

教主伸手接過飲品，只懂呆呆的看着小黑和八珍……在這個兩人還未消失的未來世界裏，恍如隔世的 **久別重逢**。

小黑笑着説：「為何你獨坐在這裏，一副 **生意失敗** 的樣子啊？是擔心下午要考的數學測驗吧？不用怕，我剛才一拍你的肩膀，已經用超能力把好運傳送給你了啦！」

八珍 **熱心** 的説：「我其他學科的成績並不怎麼樣，但數學是我的強項，你有什麼不懂的，我來跟你緊急補習一下。」

教主聽得一陣鼻酸，在未來世界終於重遇失蹤了的朋友，感覺太 **溫暖** 了。八珍看到教主眼泛淚光，她驚慌地説：「教主，你為什麼哭了啊？」

　　小黑也覺得教主怪怪的，但他替教主辯護：
「不會啦，男孩子哭什麼！只是剛巧有沙塵吹入
了他的眼睛而已！」

　　教主卻用食指抹了抹眼
角，老實承認自己的
眼淺：「不啊，我
真的感動得哭了，這
叫喜極而泣吧！」

小黑和八珍互望了一眼，面前這個教主也太**古怪**了吧？八珍忍不住笑：「我們快把周星星找來，叫他用讀心術聽聽教主在想什麼！」

教主搖搖頭：「不用找他了，讓我來告訴你們，我心裏在想什麼吧。」

兩人見教主一臉認真，也屏息靜氣的，想聽聽他心裏在想什麼。

教主凝望眼前兩人，充滿**感觸**地説：

「我在想啊……我只是一直在想，我很想跟你們一同完成整個小學階段，然後，在畢業典禮上，順利地拍到一張向着鏡頭做鬼臉的合照。」

小黑和八珍沒想到，突然會從教主口中聽到一番感性的話，兩人顯得有點**不知所措**。小黑過半晌才笑着説：「那就去拍啊！但那個鬼臉

一定要夠醜，不夠醜不收貨！」

八珍卻苦笑說：「我在畢業典禮前會進行**地獄式減肥Ⅱ**，只想拍照時美美的，我可以不拍這些鬼照片嗎？」

教主和小黑一同開口，**異口同聲**：「不可以！」

八珍真佩服了這些笨蛋男生，她高舉雙手投降：「好啦好啦，就拍一張！」

　　教主這才放心了，向他們保證似的說：「好的，我們約定了在小學畢業典禮上見！」

　　這次輪到小黑和八珍同聲地說：「**約定了！**」

　　教主跟兩人談得很愉快，真希望可以共處多一會兒，或逗留更長時間，但他知道自己必須離開了，他每次總會小心翼翼避免遇上「另一個教主」，誰知道會不會引發什麼**巨大災難**呢？

　　所以，他硬着心腸，跟兩人說：「我要去一下廁所，回頭再見。」

　　當他走開了幾步，小黑的聲音卻在他身後喊：「請問一下——」

　　教主**停下腳步**，卻沒有轉回頭去。小黑不是個笨蛋，教主知道自己露了餡，被他發現了。

小黑說：「你該是運用了超能力來到這裏的教主吧？你一定因什麼事而來的……根據你剛才的說法，是否在我們身上發生了什麼**事故**？令大家無法一起畢業？」

教主真想轉過身去，告訴兩人一切的真相，但他辦不到啊，那太**傷**人了。

他沒有勇氣吐露出真話。

所以，他只是側着臉，**故作瀟灑**的回答小黑說：「別亂猜，我只是來這裏走走，馬上便回去。」

「沒關係的，快去做你要做的事吧！」小黑重複了教主剛才說的話：「回頭再見。」

八珍也在身後喊：「教主保重！回頭再見！」

教主雙眼**紅**了一**圈**，向後揮一揮手當

作道別，始終沒有再正視兩人。他三步併兩步的走，繞過了小食部的牆角，他才大大鬆一口氣。

他滿以為自己很堅強，但到了最後，原來他連回頭面對兩人的**勇氣**也沒有。

他真想自己擁有讓人失去記憶的超能力，那麼他一定會將剛才三人相遇的一段，從兩人腦海中徹底地 *抹走*，那麼，兩人就會忘記剛才的對話，也不用擔心未來會發生什麼災禍了。

只可惜，他並沒有那種超能力，所以只好什麼也不說，只希望別再**講多錯多**。

當教主從未來跳回現今的一刻，他發現手中仍拿着兩人送他的那包檸檬茶，不禁悲從中來。

第四章
如果可以阻止這場火災

這是教主人生中最疲累的一天。

每天只要**鬧鐘** ⏰ 一響起，從不賴牀的他，總是第一時間便跳起身來，刷牙洗臉和穿校服，也會自己做簡單的**花生醬多士** 🍞 配**熱阿華田** ☕ 做早餐，然後自己出門搭巴士上學，全程也不用麻煩媽媽，讓工作很操勞的她可以得到充分休息。

可是，這天早上七時正，教主按停了鬧鐘，想過要準備上學，但全身的每一根**骨頭** 🦴 也

好像給敲碎了，根本起不了牀啊，只好把被子蓋過了頭，給自己小睡多五分鐘。

第四章　如果可以阻止這場火災

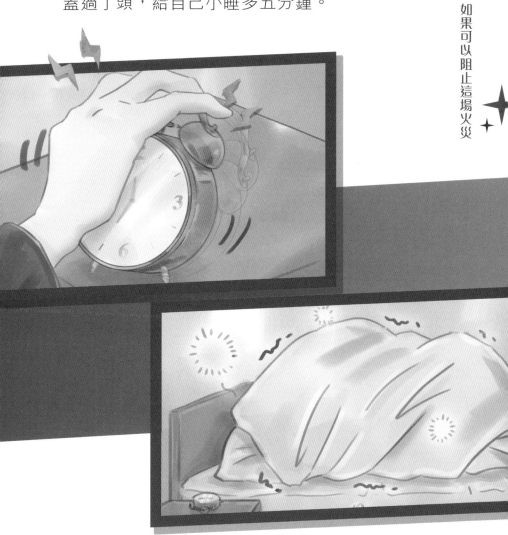

然後，他是給媽媽叫醒的！

媽媽幾乎在慘叫：「為什麼你沒起牀啊？你上學要遲到了！」

教主給嚇壞了，他一看牀頭的鬧鐘，再過十五分鐘就要 🔔 打鐘 上第一堂課了，他剛才這一睡竟就不省人事，睡了一個小時！

他勉強下牀，但兩腳 狠狠 發軟，渾身不舒服，只想倒回牀上。媽媽見兒子一臉病容，用手掌一探他額頭，好像有點 發熱，該是患感冒了，就勸告他不如請一天病假。教主想上學，但也知道自己 有 心 無力，只好乖乖在家中休息一天。

昨天放學留在學校內，在短時間內穿越了未來很多次，雖然漸見成效，已探測到小黑和

八珍不見了的大概時間，正打算今天繼續，沒想到卻有心無力。

他吃了兩顆藥，昏昏沉沉的睡了老半天，門鈴忽然響了起來，他心感奇怪的走去應門，門外站着的竟然是郭雪綠、周星星、COOL、小黑和八珍五人。

周星星看到張大嘴巴的教主，他第一時間自首：「因為數學科明天就要測驗，我本來想一個人做 *快遞員* ，送一份今天剛派發的數學筆記給你，沒想過大家知道我要家訪，也嚷着要來啊。」

教主笑鬧：「你們這幾個——」他本想説「笨蛋」，但話到嘴邊，他改口説：「你們這幾個

好朋友，是太掛念我了吧？」

郭雪綠笑了：「對啊，正所謂一日不見，如隔三秋嘛！」

小黑也笑：「所以，我們五人加起來，就是相隔了十五秋了！」

數學科成績最好的八珍**皺着眉頭**説：「小黑，你這條數算得不對啊！難怪你的數學科總是不及格了！」

眾人笑鬧着，休息半天總算有了點精神的教主招呼大家：「你們前來探望我要早點説嘛，我可替大家預備一些**茶點** ☕ 啊！」

八珍舉起手裏拿着的兩個麥當勞餐廳紙袋，**喜洋洋**地説：「所以，我們連這個也準備好了！」

六人在客廳中愉快地吃下午茶，COOL留

意到在電視櫃前放着《時間簡介》、《飛越時空的旅人》等書，她恍然大悟：「教主，原來你那麼喜歡穿梭時空的**書籍** ，難怪你會選擇『操縱時間』的超能力啊！」

「這些書不是我的，是我父母親買的啊，他們都愛看關於穿越的 *科幻電影*，我應該也受到他們的影響吧？」

COOL 想了一想，有點驚訝地說：「嗯，回想起來，我爸媽經常在家裏播放一套《隱形奇俠》的電視劇，我在 **耳濡目染** 之下，也希望自己會得到隱形的超能力！」

六人逐一道出父母對他們的影響，跟他們擁有的超能力居然也有着密切關係，令人 **嘖嘖** 稱奇。

吃完了薯條和雪糕新地，沒想到八珍又摸着肚子喊餓，教主笑着告訴她：「我家裏也有個零食櫃，你隨便拿！」

八珍歡呼一聲就走去廚房尋寶，小黑也跟去看看，沒想到他發現了最愛的「愉快動物餅」，還要是最愛的紫菜味，他馬上一手奪走，返回客廳向大家示威。但其實紫菜味的

愉快動物餅是八珍的**最最最愛**，她在情急之下，一手伸往小黑的方向，施展「隔空移物」的超能力，只見那盒愉快動物餅從小黑手上脫手一飛，一秒鐘後已來到八珍手中，令小黑**欲哭無淚**。

教主怕小黑不高興，叫他和周星星去參觀一下他的睡房。小黑大樂，他希望發現教主私藏着 Barbie 公仔或 HELLO KITTY 抱枕，發掘出教主不為人知的**少女心**。

教主的房間面積不大，**一眼** 👁 **盡見**。只有一張書桌、一個大衣櫃加上一張單人牀而已，所以牆上掛着那張巨大的電影海報砌圖顯得格外 **醒目**。

周星星驚嘆一聲：「嘩！是《回到未來》！電視台每隔一段時間就會重播這套科幻電影，我和爸爸每次也忍不住將它再看一遍啊！」

教主點頭稱是：「這是我爸爸 **最喜愛** 的電影，他在外國網站網購，好不容易才買到這幅二千塊的砌圖，我和他用了整整一個星期才拼好呢！」

小黑湊近一看，卻發現了什麼 **異樣**，他用食指指給教主一看：「為何這裏會少了一塊？」

教主奇怪地湊近砌圖一看，發現在海報左

上角的天空那位置，真的缺了一塊雪花形狀的
拼圖。但由於砌圖框的背板也是白色，所以才
不明顯。

教主不知那塊拼圖是在何時掉出來的，在
地上也找不到，彎下身子看看牀下底也沒有。
他心裏很**無奈**，擔心弄丟了爸爸送他的**珍
貴**東西。

就在這時候，三人聽見客廳傳來女生們的**驚叫聲**，連忙跑出去一看，只見三位女生也站在窗前，郭雪綠指着窗外說：「樓下一層的單位冒出濃煙，應該是**失火**了！」

周星星聞到了燒焦東西的臭味，更驚見窗外出現了一道黑色的煙柱，直衝天空。他比起女生們喊得更大聲：「學校不是教過我

們走火警嗎？我們快逃啊——」

教主見勢色不對，第一時間關好全屋的窗以防濃煙攻入，正準備帶大家**逃離**。小黑忽然想到什麼的說：「我們不是應該看看災場有沒有等待救援的人嗎？郭雪綠，要拜託你幫忙一下了！」

一言驚醒夢中人，郭雪綠即時**聚精會神**的盯着地板，施展她的透視眼，穿牆過壁的看看樓下火場的現況。她迅速**搜索**了全屋的客廳、廚房、廁所和兩個房間。然後，她收回了透視眼，向大家簡報：「**起火**地點在房間裏，原因該是一個長拖板超過了負荷。現在火勢愈來愈烈，火舌即將由房間攻出客廳，屋子內無人等着救援。」

八珍鬆口氣：「那真是不幸中的大幸啊！」

郭雪綠卻搖搖頭，一臉**擔憂**的説：「可是……客廳裏養着一籠八隻**小白兔**，牠們在滿佈濃煙的屋子裏，很快會被焗死！」

各人急如熱鍋上的螞蟻，誰也不想見到八條小生命就這樣白白犧牲掉，眾人不斷獻計如何救出小白兔。當大家急得**團團轉**，只有頭腦最清晰的 COOL 提出一個重點：「下層的火燒得正猛，我們不是應該先返回起火之前，慢慢再**商量**嗎？」

教主叫起來：「對啊，我真是笨！」

▶▶▎　　＇＇＇＇＇＇　　▌▌

眾人想想也對，這個善意的提醒隨時會變成**恐嚇罪**啊，也是行不通啦。

小黑看着八珍問：「你能不能用隔空移物的方法，幫那戶人拔掉插頭啊？」

八珍聳了聳肩，**無可奈何**地說：「我無法移動自己看不見的物件啊！」

教主當然不會告訴小黑，八珍稍後就會非常可惡的搶走了他手中的愉快動物餅。但他也知道八珍所言非虛，每項超能力皆有其**限制**，要是同時擁有『透視眼』和『隔空移物』的超能力就太好了。

郭雪綠**懊惱**地說：「要是 LEMON 今天也前來這裏就好了，她可以利用『瞬間轉移』的超能力，將自己移進屋子內，替那戶人拔掉插

頭啊！」

　　此話一出，眾人都覺得這個辦法最可行，教主詢問 LEMON 現在在哪裏？

　　八珍説：「剛才放學時，我問過 LEMON 和維維要不要來你家探望你，但她們今天要跟好朋友**慶祝生日**，所以來不了。我聽她提過，她們好像會去學校附近的**冒險天地**遊玩？」

　　教主見時間緊逼，不能考慮那麼多了，他跟大家説：

我去找她，很快便回來。

　　真可惜，教主也沒有『預知未來』的超能力，所以，他無從預計的是，正是由於他的這個決定，令朋友們**陷入危險之中**！

第五章
最快樂也最悲哀的生日

今天是許如雪的**生日**🎂，維維和LEMON一早便約定了要替她慶祝一番。

由於兩人也知道許如雪最喜歡去有很多大型機動遊戲、鬥智遊樂設施的**冒險天地**，所以三人便拿出各自儲了半個月的零用錢，換來滿滿的一筒**金幣**🪙，決定大玩特玩。

三人首先去的攤位，事實上許如雪得到了「全能」的超能力後，要造假一點也不難，只要用「掩眼法」**蒙蔽**着員工雙眼，他

們會看到三人披擲出的每一枚 **金幣**  也是精準地擲中大獎，絕對不會出現擲界之類的錯失。

可是，若她真的這樣做，就算贏得了那半個人身高的 **巨型毛公仔**，一切也不好玩了。

　　然後大家又去玩碰碰車、保齡球、推銀機和夾公仔，許如雪很享受三個人簡簡單單的歡笑聲，看似非常幼稚的在較勁。而事實上，自從維維和 LEMON 跟甲班那六個超能力者成為朋友之後，三人很久沒玩得那麼盡興了。

她們又去玩**籃球機**，一開始說好是鬥射籃球三局兩勝，但兩局俱敗的維維撒野，變成五局三勝，再變了七局五勝。當大家**緊張ㄒㄧ ㄒㄧ**的玩完幾局，手臂**痠軟**得幾乎抬不起來。到了最後，三人贏得厚厚的一疊獎票，維維和 LEMON 請許如雪選一份用獎票換取的東西，就當作是給她的**生日禮物**。

數一下剛贏得的五百多張票，再看看玻璃櫃內展示五百分可換的禮品，只是一把**間尺**或一盒十支的**鉛筆**，許如雪只有苦笑了。

沒想到，維維和 LEMON 對視一眼，一同在校裙袋內掏出兩張 會員卡 ，擺放在許如雪的掌心，維維說：「我們都是這店的會員，我已有七千多票的儲值。」

LEMON 說：「我比較少，也有五千多票。」

維維笑了：「再加上今天的五百多票，總共就是一萬三千多票，應該有更多選擇吧？」

許如雪 怔怔地 說：「你們真會將所有獎票給我？」

這一次，維維和 LEMON 不用對望，徵求對方意見了，兩人異口同聲向許如雪說：「全部給你！」

許如雪 感動不已 ，由衷地感激：「謝謝

你們，你們真好！」

「你對我們也很好啊！」

到最後，許如雪用了那一萬三千多票，高高興興的換了一副非常漂亮的角落生物 UNO紙牌。但其實，她心目中最想要的是一個史諾比的斜揹袋，但她最後還是選了 UNO，只因三人也很喜愛這個紙牌遊戲，她希望可以一同玩樂。

三人在遊樂中心附設的小食亭坐下，買了爆谷、熱狗、粟米杯等一大堆零食。許如雪真遺憾不可以跟她倆吃一頓晚飯，誰叫家人都嚴格規定她們要在六時前回家，所以大家只好買一堆零食，當作吃生日飯。

　　就在這時候，維維首先發現有個男生正走向三人，她充滿**驚喜**地跟 LEMON 說：「嗯，他為什麼會在這裏啊？」

　　許如雪循着維維的視線一看，即時心裏一沉。

　　許如雪一早已用讀心術閱讀過維維和 LEMON 的心，對於甲班超能力六人組已**瞭如指掌**，眼前這個男生名叫盧孝主，綽號「教主」，擁有「操縱時間」的超能力。

　　如果一群朋友之中，總有一個**中心**人物，有足夠的能力凝聚着眾人，那麼，教主就是那個**領導者**了吧。

　　維維和 LEMON 乍見遠處走過來的教主，有點驚訝但很高興的向他揮手打招呼，教主的表情看來卻**氣急敗壞**，好像在這個巨大得

像**迷宮**似的地方尋找一陣子了，才*喘着氣*的找到了她們。

許如雪看見教主直走到三人面前，先是向三人努力地禮貌一笑，然後向許如雪提出了一個**要求**：「我有些關於戲劇訓練的事想找LEMON談談，不知道可不可借她一下？」

今天是許如雪的生日，她正玩得高興，沒想到卻來了個*掃興*的人。

她一半開玩笑一半挖苦地問：

你借了她，打算何時*歸還*給我？

教主的神情很尷尬，他只得老實回答這個問題：

大概要一小時？

不，半小時就可以了。

雖然一切從簡，但這總算是許如雪的**生日派對**🎂，她可是主人家。她珍惜的這些快樂時光，忽然被打斷，她總有權表達**不滿**吧？正當她想繼續刁難教主，讓他知難而退，忽然聽到身邊的 LEMON 說了一句話。

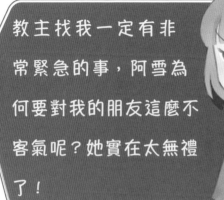

教主找我一定有非常緊急的事，阿雪為何要對我的朋友這麼不客氣呢？她實在太無禮了！

當然，這只是 LEMON 的心裏話，但也是 LEMON 最真實的感受。許如雪不小心用讀心術聽到了，這句批評她的話**狠狠刺痛**了她。

所以，她改了口風，不再留難教主了，對 LEMON 微笑：「沒問題，你們去談談吧，你也要快點回來，我和維維**等着你**啊。」

LEMON 拍拍許如雪的手背，露出一個討好似的笑容：「阿雪你真好！我很快回來。」

許如雪知道 LEMON 口不對 ❤，她只能笑笑。

教主看似鬆口氣，他由衷地向許如雪感謝一聲，就跟 LEMON 匆匆離開了。

許如雪默默看着兩人的**背影**，她辛苦掛在臉上的笑容**僵硬**了，然後消失無蹤。

教主**心急如焚**的跟 LEMON 簡述了火災事件，還有請求她處理的事情，LEMON 自信滿滿的，輕鬆地說：「這任務也太簡單吧，你找我就對了。」

教主說：「那八隻小白兔正**命懸**一線，我**逼不得已**才會找你，妨礙了你跟好友慶祝生日，太不好意思了。」

LEMON 揮揮手說：「相比起拯救生命，這個生日派對無聊得很呢！」

教主感謝一笑，他看看手表說：「很快便會發生火災，**事**不宜遲，你快去快回。」

於是，LEMON 依着教主的指示，運用了她的「瞬間轉移」超能力，一下子潛進了那個單位內。她找到郭雪綠用透視眼看到起火的粉

紅色牆壁房間，發現地板上那個八位拖板，居然每一個插頭都插了充電器和WIFI儀器，也沒考慮到會超過負荷。最要命的是，戶主好像非常安心的上街了，這真是一場**粗心** 大意 釀成的家居意外。

LEMON 快手快腳的關上了拖板的主電源，阻止了一場火災，臨走前更探望了客廳裏的八隻可愛**小白兔**，才施施然離開。

她跟教主報告一下，教主對她千多萬謝的，讓她覺得自己做了一件**天大**的**好事**。

由於答應了許如雪要速去速回，她飛快地返回**冒險天地**，對許如雪揚揚手表，得意洋洋的說：「你看看，我全程只去了十五分鐘，很快吧？」

對啊，用十五分鐘便阻止了一場惡火，更挽救了八條小生命，LEMON 覺得很**驕傲**。

許如雪卻用一種看起來很**悲傷**的眼神凝視着 LEMON，對她說：「在你看來只是十五分鐘。然而，在我看來，你卻去了**三個月**，好不容易才可以回來！」

LEMON 對許如雪的話**不明所以**，就連一直坐在許如雪身邊的維維也摸不着頭腦，

她也覺得 LEMON 很快便回來了啊，在她們面前的那盤雪花冰，甚至還未融化呢！

所以，維維也替 LEMON 解圍：「好啦，別說那麼多啊！雪花冰🍧要快吃，否則就變成一攤 雪水 啦！」

許如雪這才釋懷了點，她回復笑容的說：「對啊，最重要的是你**安全**回來了，我們繼續開派對吧！」

大家又重新投入喜慶的心情中，只有許如雪多次用**憐憫**的眼神看着 LEMON，只有她自己一個人才知道發生何事。

而這個秘密很痛，**真的很痛**，她卻不可能向任何人說出來。

第六章
完全出乎意料的結局

在家裏休息了一天，累得半死的教主終於恢復了元氣，他**心不在焉**的上了一天課，放學時又假裝要參與象棋學會的活動，跟各人道別。連續幾天沒有一同去玩，八珍和小黑等人也稍有微言，幸好今天維維和 LEMON 有時間加入，陣容又強大起來，周星星才能順利帶走一群朋友。

當周星星在眾人背後，像控制**羊群**的牧羊犬，他把身子朝後看看只剩下獨自一人的教

主，忽然間覺得這個朋友孤獨又無助。但以自己的能力卻無法幫上忙，只能夠讓他一個人面對和承受一切。

所以，周星星把弓起的兩手放在頭頂上，向教主做了一個「愛你喲」的手勢，教主真的不懂回應，只好把手掌掩着雙眼，做了一個「無眼睇」姿勢。兩人會心微笑起來。

　　朋友們都離開後，教主又走到校舍後面一個幽靜的小花園，繼續坐在兩盆 盆 栽  之間的長椅上。他擦了擦掌心，集中精神的想着去未來的時間和地點。

由於得知小黑和八珍**消失的時間**🕐，就在第一百零五次和第一百零六次之間的一星期內，範圍已收窄很多。他叫自己要**好好振作**，也提醒自己最多只要穿越七次，就可以準確找到二人不見了的時間點，愈來愈接近 真相 了。

然後，教主又穿越了四次也找到八珍和小黑。到了第五次，也就是三個月後零五天的未來，總是將穿越時間設定在大清早的他，又偷看到在學校小食部坐着的八珍和小黑，他準備馬上便離開，再跳躍到翌日看看。可是，他感覺到校舍內瀰漫着一種**奇怪氣氛**，讓他不禁停步。

是的，永遠也嘈雜不堪的小食部和就在附近不遠的操場，這一天卻異常地**死寂**，就連平日總是不停追逐嬉戲的男生也不見了，操場上亦沒

有男生打籃球。每個男生女生都既嚴肅又悲傷，板着臉，無人有半分歡顏。

那種感覺……就像大家在**默哀**。

就在這時候，有兩個不認識的男生路過身邊，教主正好聽到二人對話。

「真可惜，沒想到她**昏迷**了三個月，還是靜靜地走了。」

「大家也以為會有**奇蹟**出現，她一定會吉人天相……唉，她的親友一定很傷心……無論如何，LEMON 真的是個勇敢的女生！她阻止了一場火災發生，是一位令人尊敬的 女英雄 ！」

教主呆住了……「LEMON」、「火災」……這些字眼在他腦中一直**盤旋不去**……他不明白發生何事，不得不留下來，想要查明一切。

他偷偷躲藏在小食部的一條大圓柱後，靜靜地觀看着接下來發生的事，只見郭雪綠、COOL、周星星和維維也逐一回校了，大家見到了像 **枯木** 般坐着的小黑和八珍，彼此善意地慰問對方，但眾人神情還是充滿沉痛。就連一向笑嘻嘻的周星星也 木無**表情**。

這時，教主見到「教主」也回來了，他連忙把自己的身子匿藏得更好，不能讓任何人發現在同一個時空裏有兩個教主。

教主臉色**蒼白**，雙眼**通紅**，不知是一夜沒睡好還是哭過了，只見眾人都圍過去安慰他，教主只是不停點頭接受慰問。跟 LEMON 特別好朋友的維維忍不住頻頻在**拭淚**，郭雪綠和 COOL 一人一邊搭着她肩膊，想給她更多力量。

這個時候，許如雪回校了，她的臉色相當沉重，教主見到許如雪，神情有着幾分遲疑，但最後主動地走到她面前**慰問**，沒想到卻令許如雪情緒失控，大聲喝停了他：

「三個月前，你問我借了 LEMON，我問你打算何時歸還給我？現在……你大概**永遠**也**無法還我了！**」

教主鐵青着臉的站在許如雪面前，垂低了頭**無言以對**，像個做了壞事給老師當場逮捕的學生。

身為許如雪和教主的共同朋友，維維替教主**辯護**：「阿雪，沒有人想發生這些事，那只是意外──」

許如雪毫不客氣地打斷維維的話，盯着教主

狠狠地說:「那不是意外！你可以操縱時間卻不懂得好好利用，是你的輕率害死了 LEMON ！」

教主聽見『操縱時間』四字，嚇得抬起眼來看許如雪，她怎麼會知道他的**秘密**？心頭充滿憤恨的許如雪也不打算掩飾下去，用最**冰冷**的語氣對教主說：

「我沒說錯吧？你犯下一個錯誤，便**殺死**了**一個人**！」

教主咬咬牙，一臉悔恨的說:「是的，是我殺死了 LEMON。」

此言一出，周星星、COOL、小黑、八珍、郭雪綠和維維一同望向教主，大家也給他的話**震撼**了，不明白他何出此言。

三個月前，教主找到了 LEMON，向她簡述了🔥災事件，LEMON 表現很輕鬆：「這任務也太簡單吧，你找我就對了。」

教主說：「那八隻小白兔正**命懸一線**，我逼不得已才會找你，妨礙了你跟好友慶祝生日，太不好意思了。」

LEMON 揮揮手說：「相比起拯救生命，這個生日派對無聊得很呢！」

教主感謝一笑，他看看手表說：「很快便會發生火災，**事不宜遲**，你快去快回。」

於是，LEMON 便依着教主的指示，運用了她的「瞬間轉移」超能力，一下子潛進了那個單位內，找到郭雪綠用透視眼看到起火的**粉紅色**牆壁房間。LEMON 走進去，準備快

手快腳的關上拖板的主電源，解除一場危機，可是，就在她的手指頭碰到開關的一刻，一陣**觸電感** 透過她的指頭穿過全身，撼動了五臟六腑。她整個人向後彈開，後腦勺正好撞向身後的衣櫃，整個人便**倒地不醒**。

就是這樣，LEMON 一直在深切治療部陷入昏迷狀態，延至三個月後的今天，終於**失救不治**。

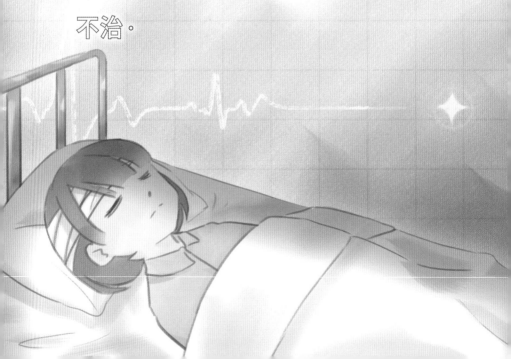

　　教主內疚地說：「要是我當時可以更小心，對她說：『為免**危險**，你只要在樓下單位打開大門就好了，我會在門外接應，跑進去關上電源。』沒有假手於她，也許就不會發生那場**意外**了。又或者，即使意外一樣會發生，死掉的也只是我，不會是 LEMON。」

　　眾人聽到教主的剖白，也能感受到他深不見底的**痛苦**。但當時分秒必爭，誰也料不到會發生意外，所以無人想怪責他，只有對他寄予無限同情。

　　就在這時候，周星星瞪大雙眼死盯着眼前的許如雪，就像看着什麼**怪物**，他驚叫起來：「許如雪也是超能力者！她更是擁有『全能』的超級超能力者！」

　　眾人給周星星的話嚇傻，什麼是「全能」啊？就連小食部內的學生們也被吸引過來了，好奇地朝着許如雪的方向，想看看發生何事。

　　許如雪**沒好氣**的嘆口氣説：「周星星同學，你就不可以做個乖學生，總要偷聽別人的心事嗎？」

　　然後，許如雪啪一下手指，除了周星星等七人和躲在大柱後的教主以外，所有學生也**應聲倒地**，即時昏迷過去。

　　許如雪翹起一邊嘴角，臉色變得**陰森**：「好吧，既然我們把話説開來了，今天就來個了結吧！」

　　七人聽見這句**宣戰**的話，也提高了警覺，雖然大家還未弄清何謂「全能」，但也隱約知道

面前的她，是個非常**厲害**的角色。

　　許如雪把視線射向維維的臉，直截了當的問她：「維維，你到底要站在哪一邊？」

　　維維心裏很**矛盾**，她當然理應幫助許如雪，可是，她卻不明白為何要跟六個新朋友為敵。

　　許如雪盡力游說：「**三年的友情**，難道敵不過這六人嗎？」

　　周星星又讀到許如雪的心底話，他轉向維維說：「維維，你千萬別相信她，她從來沒有把你倆當作好朋友，只是把你們當作她的**戰利品**！」

　　許如雪**厭惡地**盯着周星星，做了個一拉嘴巴的手勢：「大嘴巴的男生真的很煩！你還是閉嘴好了！」

　　周星星即時無法自控的合上了嘴巴，而無論他如何用力張開口，兩片**嘴唇** 👄 也像給強力膠水黏住了，完全無法扳開來。但大嘴巴的他還是*死* 💙*不息*，努力想發表偉論，卻只能發出嗯嗯的聲音，無人聽到他說什麼了。

　　郭雪綠瞧見周星星的慘狀，識趣一點的也該閉嘴，但她還是**無畏無懼**地道出心聲：「要是你真把維維當作好朋友，你的好朋友交到另一些朋友，雖然或會分薄了你們相處的時間，但還是會為他們感到高興，而不會*妒忌*她們有了新朋友啊！」

　　許如雪大喝一聲：「我不需要任何人教我交友之道！」

　　只覺得面前的這群人愈看愈討厭，他們簡直

就像什麼迷惑人心的**邪教組織**啊！許如雪很努力讓自己的語氣顯得和善誠懇一些，跟維維再説一次：「維維，快過來我這邊吧。我們沒有超能力時也可以是好朋友。但你身邊的這群人，沒有了超能力便不會把你視作朋友了。況且，他們不是害死 LEMON 了嗎？」

維維更難**取捨**。教主見維維進退兩難，對她開明地説：「維維，你選擇心裏想的那個答案吧，我們誰也不會 怪責 你。」

維維把視線轉向並排而站的六人，六位朋友也向她點頭微笑，鼓勵她勇敢作出 抉擇 。周星星好像也想跟她説什麼，但被閉嘴的他，只能一直嗯嗯嗯的。

維維看着**尊重**她決定的眾人，想着或許

郭雪綠的話才是正確的，她從沒想過自己有一天

會因一個朋友的要求而跟另一些朋友**絕交**。

這種威脅式的態度，令她覺得對方並不把自己當

作**真正的朋友** ……也許，正如周星星所説

的，許如雪沒有把她當作好友，只把她當成戰利

品。

終於，維維咬咬

牙，**直視👁**着許

如雪説：

我決定了，

我決定跟他們在一起！

許如雪整個人怔然，不懂反應。然後，她心裏湧起一陣 **地動山崩** 的恨意，悲憤交集的説：「既然你們令我失去了兩個好朋友，那麼，我也要你們失去兩個好朋友，作為給我的 **賠償**！」

小黑生氣地説：「你想怎樣？你要殺死我們嗎？」

「殺人？我想不用？我覺得這樣做會更加乾手淨腳！」説完了這話，許如雪向着小黑一指，小黑就在彈指之間 *消失* 了！

在小黑兩邊的 COOL 和周星星，在一秒之間看見小黑站着的位置變了一個空位，小黑像空氣般消失無蹤，兩人嚇得 **臉色發青**，給許如雪恐怖的超能力嚇傻。

　　許如雪好像很滿意，她慢慢把視線轉向教主，直勾勾盯着他說：「看起來，由於你有操縱時間的超能力，大家也特別喜歡你，所以第二個就是你吧！」

　　正當許如雪把手伸向教主，而教主看來也**難逃 一劫**之際，在教主身旁的八珍連忙出手相救，她運用隔空移物的超能力，把小食部

裏一張椅子拋向許如雪，許如雪的行動被打斷，她閃開了身子，身手**靈敏**地躲開了那張向她直飛過來的椅子。

　　當八珍又想隔空操控另一張沉甸甸的大桌子，生氣的許如雪快速還擊，她向八珍的方向一指，八珍也即時像*水氣般蒸發*了，連帶那張浮在半空的桌子也突然墮地。

在短短十秒鐘內連續失去兩位好友，眾人也**悲痛**莫名，正要一同施展本身的超能力進行反擊，但許如雪做了一個向前伸出掌心的手勢，面前的五人便停住了動作，全部變成了**石頭**▰般一動也不動。

偷偷躲藏在小食部的一條大圓柱後的教主，一直旁觀着這場未來的衝突，他心裏突然

恍若大悟！

他一直都以為，他在穿梭過去和未來的時間旅程中出了什麼差錯，以致『遺失』了八珍和小黑，沒想到真相卻大大出乎他意料以外。原來大家竟是遇上惡魔似的敵人，將八珍和小黑變走了。

當全部人像一尊一尊凝結了的石像，看似無可匹敵的許如雪忽然揚聲：「從三個月零五天前來到這裏的教主，你現在可以出來了。」

教主這一驚非同小可，他可沒想到自己一早被發現了。他想運用超能力把自己送走，可是，無論他如何施法，也沒辦法離開。

許如雪的聲音又響起，她的語氣有種沒好氣：「在我擁有的『全能』之中，也有『停止其他

超能力者使用超能力』的超能力，所以你是無處**可逃**了，出來吧！」

教主無計可施，只得從圓柱後步出來，用沉重的腳步，走到這個可操控全局的**強敵**面前。

他剛才一度大惑不解，為何他見到 LEMON 遇難的事與事實不符，然後他猛然想到什麼，身子大大地一震說：「得知 LEMON 在救災時遇上意外，我必定會竭盡全力再次將🕐**時間**倒流拯救 LEMON，一定是你**從中作梗**，令我使不出法子吧？」

許如雪對此直認不諱：「對啊，看見你們一群朋友替 LEMON 傷心的樣子，這種傷心還要持續足足三個月，我就有一種打從**心底**發出的快樂啊！」

教主生氣得**冒煙**：「LEMON 不是你的好朋友嗎？你居然忍心她躺在病牀上，跟死神搏鬥三個月，一分一秒也在**受苦**嗎？」

「因為，她說錯了一句話。」

「說錯了一句話？」

是的，許如雪在生日那天使用『**分身術**』跟蹤着 LEMON 和教主，所以聽到了兩人的一段對話：「記得嗎？你跟她說不好意思，妨礙了她跟好友慶祝生日，但 LEMON 卻説：『相比起拯救生命，這個生日派對無聊得很呢！』那句話讓我太傷心了！」

教主真的呆了，他搖搖頭**惋惜**地説：「你是笨蛋嗎？每個人或多或少也會在朋友背後説朋友的不是，這是**人之常情**，也是無心快語，

難道你從未犯過這些差錯？」

許如雪本來想說：「對啊，我不會這樣**冒犯**我的朋友。」可是，她說不出來，她好像也在維維面前講過 LEMON 裝可愛真的很可惡；在 LEMON 面前講過維維是個總愛遲到的大小姐；所以，許如雪說不出話來，**老羞成怒**地說：「我剛用了讀心術閱讀過你的心，你已去過兩年後的畢業典禮，得知結果將會怎樣了吧？這正是我下一步會做的事。我會用『**清洗 記憶**』的超能力，讓你們所有人也忘記自己擁有超能力……當然，你也包括在內。」

教主去過未來，知道她說的是事實，他什麼也不能做，只能**逆來**順受。到了這一刻，他只能卑微地說：「最後，我可以有一個要求嗎？」

許如雪瞧見教主承認失敗的頹喪神情，她以**勝利者**的姿態說：「好啊，你有什麼要求？看看我能否替你實現吧。」

教主認真地看着許如雪：「我希望所有朋友都**平安**無事。」

許如雪真受不了這個男生的情誼和感性，她聳聳肩一笑：「好吧，我會將時間倒流，在LEMON 遇難前救出她。而小黑和八珍也不會有事，只不過你們從此會變成**陌生人**，不再是朋友了吧。」

教主沉痛地感謝：「謝謝你。」

「老實說，你對朋友的情義真令我**大開眼界**◉。所以，不用感謝我，感謝你所付出的努力吧！」

然後，許如雪用手在教主眼前一劃，教主就像人間蒸發，**閃電**⚡般消失不見了。

✦

阻止了一場火災，臨走前更探望了客廳裏的八隻可愛**小白兔**🐰，LEMON 才施施然離開。

由於答應了許如雪要速去速回，她飛快地返回冒險天地，對許如雪揚揚手表，的説：

> 你看看，我全程只去了十五分鐘，很快吧？

許如雪想到三個月後，LEMON 在昏迷中死去的悲痛**欲絕**，卻不知如何怪責她的自以為是，只能用一種充滿悲傷的眼神凝視着 LEMON，對她說：「在你看來只是十五分鐘。然而，在我看來，你卻去了三個月，好不容易才可以回來！」

LEMON 聽得*莫名***其妙**的，坐在許如雪身邊的維維勸大家不如快吃面前的那盤雪花冰啦，許如雪只好回復笑容的說：「對啊，最重要的是你安全回來了，我們繼續開派對吧！」

大家又重新投入喜慶的心情中，當這個小小的派對結束後，三人都要趕回家，在鐵路站前道別時，許如雪對兩人說：「謝謝你們替我慶祝生日，我不會忘記你們。」

LEMON 和維維也失笑了：「忘記什麼？我們明年還要一同慶祝生日啊！」然後三人便說了拜拜，**分道** *揚鑣*。

當許如雪又剩下獨自一人，她才輕輕地說：「我不會忘記你們，但你們會 *從此忘記我* 了。」

然後，她穿越回到小二開學的一天。

踏入新課室裏，跟一眾熟悉的舊同學打招呼後，刻意找了一個跟坐在單人座的維維和 LEMON 相隔大半個課室的座位，不再跟孤單無依的她們說上一句話。

從來 都不是 **朋友**……

這就是三個朋友最好的結局了。

第七章
回到沒有超能力的平凡日子

這次慘了！

貪睡 的維維又不小心按熄了響起的鬧鐘，再睜開眼已是半小時後的事了。她 *光速* 的刷牙洗臉換校服，像火燒屁股似的飛奔下樓衝向**巴士站**，希望可趕上這一班巴士，可惜她只能眼睜睜看着最後一個乘客上車，巴士門關上，她在心裏大聲慘叫一聲：「停下來，不要走啊！」

可是，她當然不能喊停巴士，只能跟巴士尾刊登着的 **巨大廣告牌** 說拜拜。如果說她還

可以慶幸什麼，那就是看見廣告內身穿最新款運

動服的許如雪吧！

　　乘搭下一班車回到學校的維維，走到相約了

朋友們吃早餐的小食部內，只見教主、COOL、

周星星、LEMON 和郭雪綠五人早已回來了，大

家都用「你又遲到了啊，早餐都凍了」的 **無奈**

目光望向她。

維維抓抓頭皮，難堪地坐下來，她昨天才發誓過永遠不會再遲到，沒想到她的「**永遠**」只維繫了一天，就被自己打破了。

周星星則是興奮地振臂高呼：「太好了！我在遊戲裏全中！教主要請我吃下午茶！」

維維奇怪的問：「全中什麼？」

LEMON給維維看看一張像**時間表**的紙，上面寫着星期一至五，原來眾人在競猜維維會在哪幾天遲到。教主最厚道，他在五天的格子內也加了 **X**，表示他認為維維一天也不會遲到；其他人則猜她會遲到兩天或是遲到三天，只有周星星像賭神般，在五格內全押 ✓，所以他贏出了比賽。

維維連累教主輸了一頓下午茶，她 *汗顏*

地説：「教主，真抱歉，我不是故意的！本來，今天我應該趕得及，但那架巴士——」

周星星已忍不住打斷她的話：「嘻嘻，雖然我沒有讀心術，但也聽得出你在 說謊 啦！你連續五天也趕不及上車，難道巴士司機跟你有 **血海深仇** ，他一見到你就會用力踏加速掣，奮不顧身地飛站嗎？」

周星星的挖苦話真的太壞了，但又 繪形繪聲 ，令大家輕易便想像到巴士司機一張恐慌的臉，就連維維也給他逗得 失笑 起來。

教主反而向維維道歉：「對不起，我們不該拿你的遲到開玩笑，我也知道你不是故意的！」

教主 暖心 的話，讓維維感動不已，她信誓旦旦地説：「我以後也不會再遲到了，否

則——」

周星星打斷維維的話：「下星期我又要贏了！要吃免費下午茶，**人好忙！**」他又高舉兩臂，好像已贏一局，但興奮過度的他身子向後一斜，整個人失了平衡，連人帶椅的翻倒地上，讓大家**哭笑**不得。

郭雪綠和 LEMON 扶起周星星的時候，本來「雪雪」呼痛的他，目光好像接觸到什麼，整個人就不覺痛了，連眼神也變得溫柔起來，用**甜絲絲💕**的聲音説：「噢，許如雪回來了！」

眾人便循着周星星的視線看去，只見許如雪剛踏入召月小學的校門。她的出現吸引了校內所有男女生的**注目**，連樓上的學生也接報了，很多人從課室跑出走廊，站在欄杆前俯視着她。

許如雪對眾人的注視早已習以為常。事實上，自小二那年接拍了第一個檸檬茶廣告後，她便成了校內的 **明星** 同學，到這幾天她最新拍攝的童裝運動服廣告播出，鋪天蓋地的宣傳令她在校內外又再 **人氣急升** 。

她在校內固然是大受歡迎的寵兒，每逢放學後更有別家學校的學生在校門外等她，想跟她拍一張合照和請求她簽名的人 **不計其數** 。

周星星又向跟許如雪同班的維維和 LEMON 提出要求：「你們可幫我問許如雪拿個簽名嗎？最多我請你們吃一星期下午茶哦！」

維維和 LEMON 很**尷尬**：「我們和許如雪不是朋友，同班三年多，連半句話也沒説過，突然問她索取簽名，真的太尷尬了吧？」

周星星感觸地望着正要拐上**樓梯**的許如雪，她身後有着一群學生追隨她上樓去了。他**落寞**地説：「我總覺得自己跟許如雪好像是認識的，我和她曾經有過對話，也許由於我口齒伶俐，會令她生氣得叫我閉嘴！我倆應該是一對**歡喜冤家**吧！嗯，這應該就是所謂的前世記憶吧……教主，我説得對嗎？」

教主聳了聳肩，**不置可否**的一笑。很奇

怪地，雖然許如雪在學校裏大受歡迎，但他對她卻沒半點好感。他無法解釋這種**負面**的感受從何而來，只知道他從來也不是她的迷哥迷姐和應援團成員就對了。

放學以後，教主跟五個朋友逛了學校附近新開的**大商場**，彼此就在車站前愉快地道別了。這一天，他的心情本來滿*鬱悶*的，但朋友們的陪伴令他暫時忘掉了不快，現在當剩下他一人，走在回家會路過的大公園時，那種不愉快再次浮出來了。

昨天晚上，教主又向母親追問父親的**行蹤**：「媽媽，下星期就是家長日了，爸爸今年能

出席嗎？」

母親為難地說：「爸爸在外國工作很繁忙，他應該無法出席。」

教主又問：「老師說，明白有些家長無法親身出現，但以**視訊**🖥的方式見面交談也可以啊。」

「這個嘛……由於爸爸工作的地方，電子網絡很差，所以不方便啊。」媽媽飛快地轉個方向：「我也可以去家長日，跟你的老師見見面，我請假一天還是沒問題的。」

教主只得**苦笑**了。

事實上，母親總是告訴教主，父親去了外國工作，但不再是小孩子的他愈來愈覺得她在說謊，無論父親去了**天涯海角**工作，也解釋不到他這三年因何杳無音信，甚至連**電話**📞或

來信 ✉ 也沒有，媽媽的解釋愈來愈説不通，愈來愈錯漏百出了。

若有可能，教主真的希望像父母親最愛的電影《回到未來》，發明一部**時光機**，可帶他回到爸爸送他上學的最後那一天，那麼，他就可以親口問他：爸爸你到底去了哪裏？

又或者，他會用盡一切方法，不再讓爸爸離開。

就在他**胡思亂想**💭之際，一把低沉的男聲在身後響起：

「**盧孝主**！」

教主感覺很出奇……聽到有人喊他的真實姓名當然也不是奇事，這裏的老鄰居也這樣叫他。但最奇怪的是，那把男聲為何會如此**出奇地**熟悉呢？

　　他慢慢轉過頭去，只見到身後正站着一個男生，教主一看對方的臉，嚇得**雙腿發軟**，連退了幾步拉遠雙方距離，他幾乎跌坐到地上。

　　那是**教主自己的臉**，甚至身穿着的也是他這一刻在穿着的校服。

　　他終於知道那把聲音為何那麼熟悉了，那是教主自己的聲音，又怎會不熟？

　　面前的教主正用檢定似的目光看着教主，令教主覺得自己就像站在一塊**落地大鏡**前，看着鏡子內的自己。

　　那個教主彷彿放心的呼了口氣，向他微笑說：「我找到你了。」

　　教主真奇怪自己為何沒有**拔足而逃**，然後他發現自己不是不想逃，只是給嚇壞了，整

超能力 訓練小學

03

逆轉時光的祕密

個人動彈不得而已！他不明白發生什麼事，這是做夢嗎？抑或，他陷入了什麼 平行世界 ？

他好不容易才騰出一句話，對那個教主說：「你找我有什麼事？」

那個教主慢慢揚起手，打開本來合着的拳頭，展示了手心上放着的一件東西，教主一看就 怔住 了。

是他睡房牆上掛的《回到未來》海報砌圖，不知在何時遺失了的一塊 雪花形狀 ✧ 的拼圖。

「我來找你，是為了要提醒你，拯救世界 的 時間 🕐 到了。」

【請續看下集《超能力訓練小學》第一季終結篇】

阿雪
的廣告時間

...

錫蘭檸檬茶

檸檬味滿瀉

30,135 likes

許如雪 錫蘭檸檬茶，檸檬味滿瀉！ ＃錫蘭檸檬茶　＃檸檬茶 ...

作　　　者：梁望峯

責任編輯：林沛暘

繪圖及設計：雅仁

出　　　版：明窗出版社

發　　　行：明報出版社有限公司

　　　　　　香港柴灣嘉業街 18 號

　　　　　　明報工業中心 A 座 15 樓

電　　　話：2595 3215

傳　　　真：2898 2646

網　　　址：http://books.mingpao.com/

電子郵箱：mpp@mingpao.com

版　　　次：二〇二三年六月初版

I S B N：978-988-8828-41-8

承　　　印：美雅印刷製本有限公司